請把燈關了

瑪莎・黛安・阿諾／著　蘇珊・瑞根／繪　蔡祐庭／譯

────── 作 者 ──────

瑪莎・黛安・阿諾（Marsha Diane Arnold）是一位屢獲殊榮的作家,作品
總銷量超過一百萬冊。瑪莎被譽為「天生說故事的人」,她所創作的故事
也被形容為天馬行空、溫暖又鼓舞人心。《請把燈關了》一書,入選 2020
年國際童書作家與插畫家協會年度金風箏獎最佳圖畫書創作。

────── 繪 者 ──────

蘇珊・瑞根 (Susan Reagan) 對插圖和對繪畫的熱愛就占據了她的一生。多
年來,她的插畫經驗涵蓋了各種產品和樣式,目前專職繪本故事插圖創作,
作品包括《You & Me》、《Simon Says》、《請把燈關了》等。

────── 譯 者 ──────

蔡祐庭（柚子）,國立台灣大學心理系畢業,資深園藝治療師,台北市藝
術統合教育研究會共同創辦人。長期關注環境議題,享受和兒童與多元族
群的朋友工作與生活,期待人終將學會如何和世界和諧共生。著有《綠生
活療癒手冊:100 則園藝治療心處方》一書,獲好書大家讀推薦。

作者／瑪莎・黛安・阿諾（Marsha Diane Arnold）　繪者／蘇珊・瑞根（Susan Reagan）　譯者／蔡祐庭
社長／陳蕙慧　副總編輯／陳怡璇　特約主編／胡儀芬、鄭倖伃　責任編輯／陳怡璇　美術設計／李凌瑋
行銷企畫／陳雅雯、尹子麟、余一霞　讀書共和國集團社長／郭重興　發行人／曾大福　出版／木馬文化事業股份有限公司
發行／遠足文化事業股份有限公司　地址／新北市新店區民權路 108-4 號 8 樓　電話／ 02-2218-1417　傳真／ 02-8667-1065
e-mail ／ service@bookrep.com.tw　郵撥帳號／ 19588272 木馬文化事業股份有限公司　客服專線／ 0800-2210-29
印刷／呈靖彩藝有限公司　2024（民 113）年 7 月初版三刷　定價／ 380 元　ISBN 978-986-359-885-5 Printed in Taiwan

作者的話

　　我們常聽說空氣汙染和水汙染，卻很少聽過「光汙染」。當環境中出現太多的光，而且是不該出現的人造光源時，就會產生光汙染。燈火通明的高樓大廈搞得候鳥和本地的鳥都眼花撩亂，在人造光下，青蛙不再唱歌。螢火蟲用牠們身上的光來溝通，但若四周太亮，牠們就不能聊天了。夜行性動物利用晚上進食和狩獵。如果夜晚不夠暗，牠們就不容易捕到獵物。過多的人造光改變了動物和人類的身體韻律，有時也影響我們的睡眠和整體健康。

　　幾世紀以來，地球上的人們為了導航、尋求靈感和神奇的目的而望向夜空。然而現今，我們想要看見天空著實不易，得穿越重重的人造光源。

　　事實上，現在我們肉眼所見的夜空比起西元 1600 年所能看見的，不到百分之一呢！

　　你可透過「國際暗空協會」International Dark-Sky Association (IDA) 之類的組織，知道更多關於光汙染的資訊，以及如何展開個人行動。記得關注一下每年四月舉辦的「國際暗空週」，這是一年一度由全球觀星迷共同舉辦慶祝黑夜的活動。

小狐狸從洞裡探頭張望，

一隻小蟲在她頭上飛上飛下。

「關燈！」她大叫，

但四周還是一片光亮。

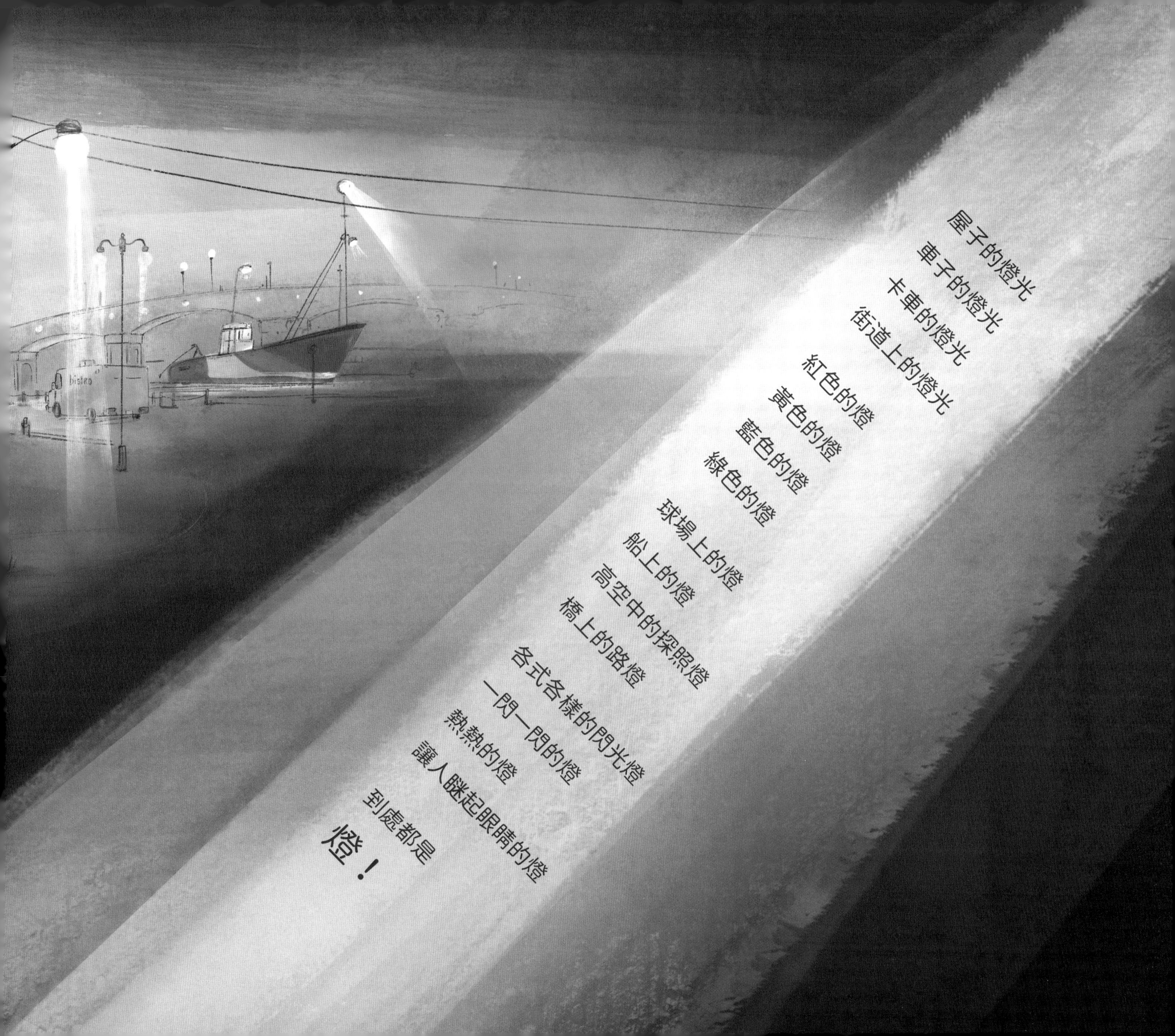

屋子的燈光
車子的燈光
卡車的燈光
街道上的燈光

紅色的燈
黃色的燈
藍色的燈
綠色的燈

球場上的燈
船上的燈
高空中的探照燈
橋上的路燈

各式各樣的閃光燈
一閃一閃的燈
熾熱的燈
讓人瞇起眼睛的燈

到處都是
燈！

黑夜到哪兒去了？
那個郊狼在唱歌、
貓頭鷹在打獵，
鳥兒飛越千里、
狐狸黑暗中潛行、
小蟲忙著交朋友的
黑夜到哪兒去了？

狐狸和小蟲都想知道，
到底黑夜是不是走丟了，
在外面的某個地方迷路了？

他們決定一起出發。
走了好遠好遠，
他們尋找著黑夜。

可是，到處都是

燈！

燕子在那些燈光的上空
一面盤旋著，一面困惑著
指引方向的星星到底去哪兒了？

走了好遠好遠，
他們尋找著
黑夜。

可是，到處都是
燈！

溼地裡，青蛙安安靜靜
等著加入夜間合唱團。
可惜沒了黑夜，
只剩一片靜悄悄。

走了好遠好遠，
他們尋找著
黑夜。

可是，到處都是
燈！

在山上，一隻熊失眠了，
「太亮了，根本睡不著！」
熊對著山下的一片燈火吼叫。

走了好遠好遠，
他們尋找著
黑夜。

可是，到處都是
燈！

他們走過樹林和青草地，
走過高地、沙漠和沙丘，
越過凍原、大草原和高山。

他們不斷尋找著……

他們發現一處海岸，

啊，沙灘上有狀況，

小海龜孵化啦！

剛孵出來的小海龜正在四處爬！

狐狸和熊往大海奔跑，
青蛙把狐狸抓牢牢。
游啊游，海岸和燈光越變越小，
他們提醒小海龜要跟好，
小蟲和燕子也在天上呼叫。

在深不見底的海洋，
天空越來越暗、越來越暗。

有個小光點，
一閃……一閃……
閃亮……閃亮……
亮晶晶

原來小蟲
是一隻螢火蟲！

小海龜緊跟著螢火蟲和月光。

黑夜浮現了，
小海龜們大膽向前划，
狐狸和螢火蟲、青蛙和熊，
還有燕子也一路相伴，
往遠方那座黑矇矇的小島前航，

當他們抵達那一處最黑最暗的地方，
大家清楚的看見……

萬物！

千變萬化的光影
斑斕的灰、
銀白夜色，
海灣閃爍著光輝。

螢光蕈和螢火蟲、
月光照耀的花園，
黑暗中發亮的雙眼。

夜裡的編織工、
星星織成的網和滿天星宿，
金星和火星、大熊星座和小熊星座。

銀河下
月光起舞翩翩。

彗星秀，開演！

世界亮起來了！